눈빛의 시대

정병삼

시인의 말

아침에 눈을 뜨면 거울부터 살핀다

단단히 나를 담았는지

표정을 벗는다는 건 여전히 낯설다

따뜻한 미소가 그립다

2025년 겨울

정병삼

눈빛의 시대

차례

2부 접었던 나를 펴다

3부 비 오는 날 누군가를 기다렸다

4부 바다를 잡고 있어도 파도는 치지 않았다

5부 늘어진 그림자가 외벽에 기대어 있다

해설

1부

이파리 끝에 매달린 고개 숙인 소리들

억새

따뜻한 말 찾지 못해 휘청이는 내 얼굴
싸늘한 기억들을 바람에 맡겨 놓고
슬픔을 채워 넣는다 집으로 가는 길에

떠나간 발자국이 차갑게 녹아든다
젖은 잎 출렁여도 손짓은 가벼워져
이파리 끝에 매달린 고개 숙인 소리들

해지고 풀어지면 다시 만날 수 있을까
가벼워진 말들이 부풀어 오르면
목마른 줄기를 세워 가을을 뿌린다

폭포에게

돌아갈 틈이 없어 바다을 찾는 너
절벽에 몸을 붙이고 무지개를 띄워도
다시 또 오를 수 없는 너의 모습 숨이 차다

앞서간 물줄기가 남기고 떠난 포말
물방울 그림자 되어 제각각 흩어진다
외딴 숲 멈추지 않는 너만의 눈물이다

바다를 그리다

출렁이는 슬픔 안고 새들은 아침을 당겨
개펄 위 폐선 한 척 안개를 밀어낸다
물결을 닮은 사람들 옛 소리를 밟고 간다

어느 화공 그 흔적 찾아 하루를 그리면
인적이 끊긴 자리 뱃고동으로 채색된다
날개를 접은 파도가 뭍으로 돌아온다

별똥별

계절을 밟고 가는 밤하늘이 차갑다

푸르게 피어나는 너의 모습 잡으러

반갑게 손을 뻗으면 사라지는 사람아

스무디한 계절

혀끝을 당기는 순백의 길목에서
냉동된 기억을 갈아 유리잔에 담아 본다
눈앞에 펼쳐진 숲길 부풀어 오른다

계절의 맛 찾을 때 온몸을 움츠린다
차가운 말 한마디 마음까지 얼어붙어
원망의 감정을 섞어 빨대를 젓는다

상큼하고 냉정하게 내 손을 감싸 줘도
그 사람 볼 수 없는 투명한 카페 안
탁자 위 꽃 한 송이에 입김을 불어 본다

유리 사랑

살얼음판 건너려다 깨어진 우리는
문을 닫고 돌아서면 상처의 틀로 남아
마음을 갈아 끼워도 훤하게 속이 보인다

조각난 너의 이름 다시 써 불러 놓고
입김을 다시 불면 얼굴이 나타날까
벽을 진 어두움만이 허락 없이 들어온다

함께 울 수 있는 것은 가느다란 빗줄기뿐
멀어지는 눈길 잡으려 방 안의 불을 켠다
창가를 감싸는 빗물 슬픔을 닦아 낸다

티 포트

울음의 적정 온도를 알아차릴 수 있다면
혼자 있는 시간에도 끓다가 멈출 수 있다
떫은 맛 현실을 우려 미래를 알 수 있다

방문을 걸어 잠그고 코드를 뽑는다
소란이 식어 가는 건 물에서나 벌어진 일
저녁을 다독이면서 찻잎을 꺼내 든다

우려낸 시간들이 눈앞에 걸려 있다
한 번 더 끓여 내면 맛을 낼 수 있을까
차오른 비애 비우고 내일을 담는다

이별 버스

슬픔에도 줄을 서는지 뒤따르는 화장 버스

이름을 불러 봐도 바퀴가 무겁다

검붉은 불길 속에서 울음이 타고 있다

파

파하고 내뱉으면 못다 한 말 남아 있어
어수선한 시간을 정갈하게 다듬는다
메마른 날들을 떼어 바닥에 던져둔다

잘려 나간 자리마다 매운 내 풍겨 나와
손끝에 묻은 생각 시퍼렇게 멍이 든다
오래전 떠나간 사람 눈가에 맺혀 온다

뿌리째 뽑힌 아픔 당신을 불러 봐도
휘어질 줄 몰라서 쉽사리 부러졌다
파하면 파동이 일어 하얀 속살 드러난다

마른 호수

한바탕 울고 난 후 마음이 저럴까
수심을 오가는 생각 물 밖으로 튀어 오를 때
늑골을 드러낸 호수 옛길을 꺼내 든다

그 시절 낚아채려 물수제비 날리면
당신은 물결이 되어 발끝을 적셔 온다
바닥에 내뱉던 말이 자꾸만 가라앉는다

침전된 원망들이 진흙 위에 붙어 있다
비라도 훑고 가면 갈라진 등 아물려만
우기를 지척에 두고 고인 물 타들어 간다

취한 나비

나의 활동 반경은 당신의 손바닥이다

짧은 꿈 꾸어도 당신의 꽃밭이다

취한 듯 찾아낸 단물 가루 되어 날린다

얼음 정수기

거북의 등을 가지고 구석에 앉아 있다
밤을 파헤치면서 산란을 준비할 때
수정된 이야기들을 두 손으로 받는다

부화를 기다리는 컵 속의 사연들
물을 부을 때마다 차가움이 되살아나
삼켰던 지난 일들을 힘겹게 토해 낸다

으깨어진 추억이 미끄러지듯 뛰어든다
녹아든 어둠들이 목구멍에 차오르면
한여름 잠들지 못한 온도를 바꾼다

싱글 탈출 카페

찾고 싶은 노래가 카페 안을 돌고 있다
표정 없는 테이블이 구석을 살필 때
마지막 한 여자 남아 창문 옆에 머문다

때를 놓쳐 발 디딘 곳 저녁을 채워 봐도
손을 내민 대화는 언제나 일방적이어서
말투에 얼음을 섞어 고요를 흔든다

침묵과 어색함을 쏘아보는 불빛들
몇 번을 찾아와도 곁이 없는 이 자리
까칠한 언저리마다 탈출 못한 싱글 카페

키보드

손끝에 말을 잡고 검은 밤을 달린다

사막의 별을 지나 모래바람 속으로

자, 모음 숨 가쁜 소리 시가 되어 도착한다

돋보기에게

가까이 다가갈수록 문장은 도망갔다
멀어진 너를 보며 아픔을 읽어 낼 때
얼룩진 시간 앞에서 서성이는 눈동자

상처 입은 종이 위를 촉촉하게 걷는다
한 마리 낙타가 모래바람 뚫는 것처럼
물결친 너의 두 눈을 되짚으며 찾는다

이 길이 끝나면 너의 짐을 풀 수 있을까
메마른 빛들이 볼록하게 투사된다
너와 나 하나가 되어 돋보이는 활자들

눈빛의 시대

온전한 얼굴은 이곳에선 금물입니다
지금은 눈빛의 시대 서로를 살피세요
불신이 팽배하군요 입들을 가리세요

떠다니는 소리를 붙잡지 마세요
입술은 총알이 되어 우리를 겨눠요
미소가 궁금하군요 식사 한 끼 할까요

표정을 벗는다는 건 여전히 낯설어요
마음을 세우세요 눈을 크게 뜨세요
숨긴 속 감춰 보아도 자꾸자꾸 보여요

2부
접었던 나를 펴다

라바콘 수행

도로 위 굴착기 소리 도심을 두드릴 때
차량을 잠재우는 고깔이 예불 중이다
지상에 솟구친 물줄기 업이 되어 범람한다

마음을 꿰뚫으면 고장 난 속 보일까
불 밝혀 들어가도 찾기 힘든 수도관
질척인 몸뚱어리에 묵언들만 쌓인다

예리한 빛의 조각 틈새를 용접해도
번뇌에 맞닥뜨려 또다시 파열하면
눈을 뜬 차량 행렬이 죽비를 내리친다

약속한 통수 시간 손에서 빠져나가
자성의 목소리는 밤하늘에 스며든다
굴착기 조명등 아래 탑돌이 하는 라바콘

반사경의 범위

숨 가쁜 경고음이 서로를 밀어낸다
보이지 않는다고 말들을 풀어놓을 때
다툼은 허공을 갈라 빠르게 회전한다

구름도 등 돌리는 도시의 바쁜 민낯
빗금 친 선을 따라 빈틈없이 질주한다
시야에 사로잡혀서 어둠만이 자라나

멈추지 못한 내 둘레 날마다 아른대도
사각의 자리에서 사람들 보지 못한다
뒷면을 움켜잡아도 서지 않는 걸음들

탁발

이쪽은 옳다 하고 다른 쪽은 틀리다 하고
우기와 건기뿐인 세상의 바다에서
발걸음 하나만으로 헤치며 달려온 길

돌아보면 쉴 곳 없는 질퍽한 땅 위에
그 숱한 멍에를 등 뒤에 짊어지고
목마른 사람 곁으로 맨발로 걸어간다

구성진 염불 소리 위로가 되는 걸까
합장한 손 마디마디 간절함 피워 올라
말아 쥔 꿈의 한쪽을 발우에 넣는다

매트리스 반성

절을 할 때마다 푸른 자국 돋아난다
허리 굽혀 젖은 땀 방 안에 차올라도
내 모습 버리지 못해 불통만 쌓여 간다

무릎을 접었다 펴면 나를 펼 수 있을까
어디쯤 멈춰 서서 뱉어 냈던 멍든 말
돌아온 발자국 따라 긁힌 자국 남긴다

매트리스가 묻는다 얼굴이 보이느냐고
짓누르는 무게에 하루를 돌아본다
온몸을 감싸고도는 푸른 잎 짙어진다

진공청소기

묵은 감정 쏟아 낸다 방문 활짝 열고서
그늘져 간 시간들을 만회라도 하려는지
바닥을 살펴 가면서 지난 얼룩 닦아 낸다

목청을 높일수록 삼키지 못한 말들
먼지 낀 자리마다 오해가 쌓여 있어
환청을 끄지 못한 채 아픔을 뱉어 낸다

한바탕 울고 나면 맺힌 속 풀어질까
고요만이 남아 있는 정돈된 너의 눈빛
내 속에 들어와 앉아 오늘을 빨아들인다

매미 물음

수행을 알리는 푯말 고요로 가득해
배롱꽃 나무 아래서 붉은 울음 토해 낸다
한 발짝 다가갈수록 물음이 커져 간다

굳게 닫힌 안쪽이 질문으로 넘쳐 난다
오후가 꺾이도록 묻고 또 물어도
소리는 내 곁에 닿아 시퍼렇게 떨어진다

태양은 기우는데 물음이 식지 않는다
엎드린 그늘 아래 어제 허물 벗지 못해
꼬리 문 타종 소리가 지친 몸을 끌고 간다

달력을 훔쳐보다

너와 나 잘 알면서 속마음을 모른다
눈에 띄는 사실만 겉으로 드러나면
펼쳐진 밭이랑처럼 계절이 수북하다

약속들 뽑아내고 휴일을 심어 봐도
지워지지 않는 기분 잡풀 되어 돋아난다
속엣말 쌓여 간 시간 낱장으로 넘어간다

반복되는 날들이 어제보다 기울어져
회의와 비상근무가 붉은 줄로 그어질 때
빈 등을 쓰다듬고서 늦은 밤을 잡아끈다

딱풀

열정을 소진하고 껍데기로 서 있는 나
알맹이 없는 밤에 눈동자가 흔들린다
메말라 얼룩진 슬픔 고지서에 배어 있다

배려 없는 체납금이 날이 서 나를 겨눈다
책상 위에 쌓인 감정 붙이지 못해서
벌어진 사이를 이어 냉담을 닫는다

둥글게 몸을 굴려 살아온 시간들이
빈 몸을 바로 세워 바닥에 떨어진다
어둠을 사르는 일이 교체되어 나아간다

빈 병

등산로 입구에서 입을 벌린 빈 병 하나
발자국을 쓸어 담아 숲길에 굴러다닌다
길목에 가로누워서 금 간 몸을 움츠린다

흙탕물이 배어 있는 검푸른 등줄기
당신을 잃어버려 혼자만 남았을까
저마다 떠나간 얼굴 빗물 되어 출렁인다

빗줄기 채찍이 되어 온몸을 후려친다
사나운 바람 소리 사람들을 쫓을 때
속내에 감춘 외로움 길 위에 토해 낸다

바나나 숙성

표정은 다르지만 속살은 다르지 않아
촉촉한 온도가 매장을 감싸안을 때
껍질 속 잠든 시간이 노랗게 익어 간다

잡혀 있는 하루에 눈 그늘이 생겨도
얼룩진 나의 모습 한 꺼풀 벗겨 내면
속 맛은 변하지 않아 짙은 향 배어 있다

자율 검문소

일주일의 생활이 숫자로 매겨진다
에누리 없이 비쳐진 벌거벗은 내 모습
늘어난 무게 앞에서 위기감을 느낀다

똑같은 공간 속에서 다른 시간을 사는 걸까
저울은 자율 검문소 발걸음이 주춤한다
이곳을 통과하여도 변명은 남는다

밀폐된 한증막에 땀방울만 자욱하다
얼굴을 훔치는 이 일어나지 않아도
허리띠 조이며 사는 모래시계 지켜본다

돌 꽃

연못 위에 앉아 있는 돌부처에게 던진 염원
찰랑대는 물빛 아래 손끝을 끌어안아
꽃처럼 뿌려져 있다 동전 위의 동전들

줄지은 발걸음에 숭숭 뚫린 몸뚱이
팔다리 지워져도 말이 없는 시간 속에
그림자 물살을 잡고 중심을 잃지 않는다

발자국 파인 자리 내 마음도 얹어 보면
튕겨 나간 세상이 상처로 남아 있어
그 아픔 미소로 받아 하얗게 피어난다

거울에 비친 등

거울에 묻어난 지난 일이 선명하다
비누 거품 사라져 뒷모습을 얻는 시간
침묵을 씻어 내리며 유리 안을 살핀다

그물에 걸려드는 혹등고래 등처럼
발버둥 치는 내 안을 밀물이라 불러 보고
먼 바다 꿈 좇는 고래 하루가 시작된다

꼬리를 이어 물고 파도를 낚아챈다
슬픔을 닦아 주면 환하게 날아갈까
새우잠 비춰진 등을 매일 밤 흘려보낸다

도둑고양이의 미래

길들인 세상의 맛 입안에 물고 있다
야생의 사냥감을 새로운 문장으로 여겨
하루치 낯선 언어를 익숙하게 핥아 댄다

품 안을 벗어나서 날 것을 사냥한다
한 발짝 다가가도 경계를 풀지 않아
또 다른 문장을 찾아 뛰어내릴 뿐이다

비탈진 담장 위로 뛰는 법을 배웠을 때
고양이의 앞날이 내 미래처럼 위태롭다
말들이 찾아든 자리 발톱을 숨겨 배회한다

폐선의 기울기

펄 속에 남은 시간 바닥까지 드러나
섬과 섬 드나들며 달리던 때가 기울어
엔진을 접어 둔 채로 아버지가 갇혀 있다

녹슨 맛 비춰 내면 속엣말 살아날까
일으켜 세우기 위한 불면의 오랜 날들
뒤엉킨 당신 걸음처럼 수없이 흔들려도

뱃머리 돌리지 못해 바람을 맞고 있다
파도가 끌고 가면 살아날 것 같은데
바닥에 단단히 묶여 수평선만 당긴다

3부
비 오는 날 누군가를 기다렸다

깃발

타오르던 꿈들이 형벌로 나부끼는 곳
여러 겹의 개혁들이 참수되어 꽂혀 있다
그렇게 중심에 섰던 사람들이 펄럭인다

상처를 지워 내도 분분하던 깃발들
꽃잎처럼 피어나 사거리에 걸려 있다
한쪽이 찢겨 나간 채 그 계절을 쫓아간다

되돌아갈 것인지 새롭게 갈 것인지
신호등 앞에서 깜박이는 오월의 불꽃
무겁게 꺾여진 함성 도도히 휘날린다

배롱꽃

제주에서 임진각까지 배롱꽃 영정 들고
황폐한 교사의 길 아스팔트에 타오른다
다듬고 또 걷는다 해도 함성은 식지 않는다

양심을 붉히는 너의 덩굴 너의 미소
헤아리지 못하는 나 역시 방관자 되어
교실은 힘겨운 줄기 정글 되어 팽팽하다

외로운 길 지켰던 한낮의 붉은 고요
아이들 웃음소리 힘없이 지는 곳에
태양 빛 견디는 동안 한 송이 꽃 밟힌다

농다리

걸음을 멈추어도 물소리는 흘렀다
넓적한 등 내주며 견디어 온 돌의 시간
시절을 탓하지 않고 우리 앞에 서 있다

천년을 쥐고서도 변함없는 노래 물결
내 앞을 파고들 때 휘날리는 물방울
담담히 눈앞에 부서져 하얗게 피어난다

투박한 자욱마다 뒷사람의 길이 된다
설움과 해학이 머물고 간 자리에는
폭우 속 꿈적을 않는 의지가 박혀 있다

오래된 알레르기

들판 가득 솟아나는 공장과 송전탑들
개발에 몸살을 앓아 철탑에 찔린 하늘
버려진 가구 사이로 계란꽃이 피어 있다

힘 앞에 힘이 없을 때 당신들은 흩어졌고
날개 달린 깃발만이 농로를 표시할 뿐
어느 곳 잠들지 못해 뒤척인 발자국들

저 꽃은 알고 있을까 난개발의 알레르기
아직도 향기 남은 수천 개의 풍경인데
염증은 반점이 되어 흉터로 남는다

이끼

발소리 드문 곳에서 떠나려는 바람에게
너무 오래 숨죽여 고백 없이 울고 있다
바위와 고목 사이에 뿌리내린 너의 숨결

파릇한 몸의 흔적 그늘에서 돋아나
끝까지 자리에 남아 한 아름 피어나도
가끔은 사람이 그리워 발목을 붙잡는다

뜯겨 나간 자리에 손끝을 대어 본다
볕이 비껴가는 곳 쓸쓸하지 않을까
오늘도 조력자로서 돌 틈을 메운다

나는 남자다

오늘은 법적으로 남자임을 신고한 날
호수 옆 무지개 길 다시 찾은 내 주소
물 위로 눈을 내미는 악어처럼 조용하다

햇볕을 따라 나온 성전환의 두려움
악어의 세계에서 사람들은 넘치는데
모두들 놀란 표정에 원래부터 나는 남자

입을 가린 곁눈질에도 당당하게 걷는다
그리스 신화 속 이피스*를 꿈꾸는 시간
세상은 무지개 너머 여전히 늪이다

* 그리스 신화에 나오는 남장 여자.

청자상감운학문매병

거실 한쪽 빈 곳에서 낡은 꿈을 지킨다
지난날 뒤적이면 학의 무리 날아갈지
탁자 위 깨지기 쉬운 오늘이 흔들린다

화초도 없는 공간 날개마저 삼키면
추억이 금이 간 채 더 깊이 스며든다
아픔을 보지 못하고 먼지만 쌓여 간다

입술에 남은 촉감 입김 되어 살아나
말 대신 불빛으로 빈속을 밝힐 때
어제를 딛고 일어나 가늘게 목을 뺀다

내 다이얼을 누른다

아파트 가장자리는 묵은 음성 돌린다
공중전화 부스 하나 지난날과 통화 중일까
깜박인 시간은 빨라 부식되어 서 있다

녹이 슨 기억을 부스에 내려놓은 채
계절은 휘어지고 못다 한 말 흘러나와
멀리서 환하게 웃던 젊음이 다가온다

반듯이 세운 어깨는 그때를 알고 있는지
희망의 충전들이 어제의 나를 향해
한 번 더 앞을 보라고 내일을 누른다

투명한 우산

관공서 복도에 우산이 줄지어 있다
뼈마디를 세우고 슬픔을 묻을 때까지
문마다 빗발친 민원 등허리가 시리다

온몸으로 막기에는 우기가 너무 길다
흥건히 고여 있는 비애의 자국에
젖어 든 날갯죽지가 하루를 맞는다

얇아진 빗줄기에도 큰 소리 그치지 않아
퇴근 시간 지나서도 펴지지 못한 어깨들
속 보인 비닐우산이 누군가를 기다렸다

실제 상황

깊은 밤 잠결에

모기 편대 날아와

사이렌 울리며

공습을 퍼부을 때

한 번도 아닌 세 번을

내 뺨만 후려쳤다

곶감 속에 영감이 있다

노랗게 익었는데 어른은 되지 못해
허공에 매달린 채 주먹을 불끈 쥐어도
외출은 뜰 안의 감정 오랫동안 풀지 못한다

내 한 몸 깎아 내면 고집 씨 사라질지
내감內感은 주름이 져 영, 영, 감이 떨어진다
또 한 번 숙성시킨다 속살을 드러내고

지우개

부러진 발자취를 남겨 두기 싫은데
지우고 싶은 것이 나라고 왜 없겠는가
당신이 걸어간 길을 뒤따라 지워 간다

걸음을 걸을 때마다 내 몸이 깎이는 건
그 사람 남긴 상처 고여 있기 때문이다
출렁인 도화지마다 갈 길을 되묻는다

문지른 기억들이 까맣게 남아 있어
오늘 밤도 백지 위에 서 있는 아버지
자꾸만 휘어진 허리 또다시 일으킨다

한쪽으로 기우는 안테나

어젯밤 무슨 이유인지 안테나가 기울어 있다
한쪽으로 향하는 것은 잠 못 드는 당신 때문
지붕에 엎드린 채로 상처를 끄집어낸다

실시간 송신되는 잠결의 상황들이
기운 달 따라가면 어머니 환해질까
불안한 처마 끝에서 별들이 배회한다

놓고 가시오

구십의 출발선에 발을 담근 노인은
흙을 털지 않는다 선 곳이 봉분 속이라서
판자를 덧댄 집안에 칼바람이 침투한다

때만 되면 봉분을 나오는 독거노인
배달된 밑반찬은 개한테 주겠다며
동네가 얼음장인 걸 아느냐며 호통을 친다

죽음이 밀린 자리 찾고 싶지 않다며
문고리를 지키는 글자가 묘비명이다
사람이 그리운 개가 꼬리 치며 달려든다

날지 못하는 새

한쪽을 바라보다 뒤를 보지 못한다
오늘에 뿌리박고 날지 못한 솟대 한 마리
가늘게 몸을 붙이고 허공을 잡아당기면

저 멀리 깃털 세우던 맑은 날 살아날지
봄날이 다가와도 바람만 찾아들고
매섭게 뺨을 후려친다 후드득 먼저 간 아들

언제 한번 시원스레 날아오를 수 있을까
굳게 잠긴 날개를 펼쳐 보지 못하고
비행을 목말라하며 배경이 된 정물화

장미 타투

테이블에 내던진 가시 없는 장미는
모던한 카페에서 꽃잎을 탐하지
창문은 커피 향 안으며 푸르게 일어섰지

바쁠수록 나를 한번 바라봤으면 좋겠어
꽃을 피운다는 건 살갗을 찌르는 일
아픔은 눈빛을 타고 벽으로 흘러갔지

푹신한 의자에 하루를 맡기고 싶어
새겨 놓은 향기를 팔목은 기억할까
젊음은 무거운 꽃 되어 따갑게 피어났지

4부

바다를 잡고 있어도
파도는 치지 않았다

피튜니아

쇠락한 도시가 링거를 맞고 있다
하나둘 떠난 점포에 간판을 바꾼 마트
숨 가쁜 분홍색 풍선 저 홀로 싱싱하다

거리를 움켜잡은 가로수 꽃 피튜니아
죽어 가는 상권 살리려 수액을 주입할 때
점포엔 찢어진 글씨 급매물로 나부낀다

도로변을 다독이는 낯익은 꽃말이
감시 카메라 눈빛 따라 불안을 부추긴다
꽃잎은 하루를 피워도 내일이 어둡다

스타필드 브런치

소비가 헤엄치는 이곳은 꿈의 행성
정어리 떼처럼 사람들이 몰려들어
미끼를 풀어놓은 곳 발걸음이 쏠린다

꼬리 살짝 흔들어 카드 한도 잊으면
매장에서 영화관까지 난류성 해류처럼
떼 지어 빙빙 돌다가 꿀꺽 삼킨 충동들

묵직한 아가미에 걸려든 한도 초과
애써 눈길 돌려도 별빛은 빙빙 돌아
오늘도 쇼핑의 물결 부유하는 너와 나

빅브라더*

독을 품은 불빛들 머리만 드러내고
붉은 눈동자는 낮을 꺼내 밤을 훔친다
슬며시 우편함 앞에서 오늘을 돌려 본다

후미진 골목까지 은밀히 알아내는 너
감정을 버리고 사실만을 증명한다
변명은 가는 곳마다 발각되어 가혹하다

사진 밑에 위반 날짜 선명히 찍혀 있다
나도 모르는 약정일이 납입금을 깎아 줄 때
겉봉은 구겨진 나를 샅샅이 벗겨 낸다

* 조지 오웰의 소설 『1984』에 등장하는 독재자로, 개인의 정보를
  독점하여 사회를 통제하는 권력을 의미한다.

딱딱한 책

펼치지 못한 표정이 방 안에 쌓여 간다
순서 없이 들어와 성공으로 빼곡하다
그 이름 부를 때까지 꿈적도 않는다

찢긴 내 페이지에 기억을 넘겨 봐도
딱딱해진 시간은 바깥에서 끓고 있어
안쪽은 그늘이 자라 활자만 무성하다

흐릿한 불빛 아래 살찐 책을 물고서
접힌 쪽 던져 놓고 너의 체취 맡는다
서늘한 잉크 향으로 쓰다듬는 깊은 밤

소리에 물들다

텃밭은 햇살을 잡으러 어깨를 펴는데
한 삽을 파낼 때 묵은 계절 토해 낸다
봄 소리 끌어당기며 기적처럼 일렁인다

가라앉은 바다은 봄꽃으로 피어날까
내일을 품은 모종들 부풀어 오를 때
제 이름 불린 곳마다 산야를 물들인다

고르며 펴진 흙이 바람에 와 닿는다
한걸음 내 발자국 살가운 노래 되어
떠나온 도시의 걸음 한사코 밀어낸다

떨어진 새

돌아보면 저만치 미끄러지는 아이들
눈길에 몸을 실어 하늘 높이 날아 본다
새 떼들 허공에 묶여 지상과 씨름한다

실이 뚝 끊어지면 자유롭지 않을까
바람에 몸을 담근 연 하나 사라진다
날아간 꿈을 찾으러 뛰어가는 그림자

새로운 연을 찾아서 아이들은 떠나고
허물어진 담벼락 아침 햇살 고여 있다
떠나간 발자국마다 적막을 쪼아 댄다

해일 계단

아침은 높은 파도로 역전을 강타한다
한쪽으로 쏠리며 몰려드는 사람들
정해진 속도에 맞춰 발걸음을 세운다

발아래 묶어 둔 출근길이 범람한다
디딤판 왼쪽으로 길을 터 주어도
거리는 수직이 되어 끼어들 틈이 없다

규정된 매뉴얼 따라 가던 길을 살핀다
옷깃에 끼이거나 고장 나 서게 되면
파아란 물미역처럼 질려 있는 얼굴들

모형 꽃게

내 몸을 건드리면 모래가 쏟아진다
걸을 수 없는 날이 우울로 남겨지면
바다를 잡고 있어도 파도는 치지 않았다

날카로운 발톱을 감춰 바람을 호객한다
끌어당긴 배경은 나를 닫아 버린 피에로
마른 등 깨어질까 봐 몸을 열지 못한다

살기 위해 태어난 건지 죽기 위해 태어난 건지
넘어져 일어서면 구릉진 사막이라
포말을 안지 못하고 자리만 지키고 있다

움직이는 집

계절을 타지 못해 낡아 있는 컨테이너
날짜가 멈춰 있는 달력을 뜯어내도
손 닿는 모서리마다 고립이 묻어난다

주춧돌 기울어져 비스듬히 누운 바닥
열리지 않는 문이 내 손을 잡아당긴다
녹이 슨 저녁을 잡고 가까스로 서 있다

잘못 놓인 시간이 머리맡에 도착해
베개 밑에 깔려서 부실을 놓지 않는다
양파가 굴러다녔다 어둠만 제자리다

세계의 맥주를 집다

각자의 테이블마다 나라를 호출하면
사막의 목마름은 찾지 못한 오아시스처럼
오늘을 넘기기 위해 술잔을 부딪치지

정치와 스포츠는 날개를 퍼덕이며
정당을 쪼아 대고 연봉을 파헤치지
모두들 뒷말을 담아 건배를 제창해도

실직과 실연들의 외로움만 부풀어
맥주에 소주를 섞어 세상을 내리쳐도
내 색깔 그대로 남아 거리를 휘갈기지

허공에 집짓기

기둥 앞에 다시 서면 스무 살이 돌아온다
빌딩과 빌딩 사이가 아물어 갈 시간 없이
모두가 입을 벌린 채 젊음을 세워 간다

어둠을 닮아서인지 알아채지 못하고
자고 나면 살기 위해 펜트하우스 꿈꾼다
청춘은 외줄을 타고 옥탑방을 건너간다

쉼 없이 오를 때마다 집 위에 집을 짓는다
수많은 완성들이 세워지고 떠나갈 때
구름을 헤치고 온 달 텅 빈 나를 잡아끈다

휘어진 뒤란

뒤란의 신우대는 참새의 그늘이다
무거운 발자국이 일없이 모여 앉아
선거철 인물을 쫓아 서로를 파헤친다

몰아치는 열풍에 대숲이 휘어진다
바스락대는 마음들이 판세에 휘둘리면
바람은 입맛에 따라 핏대를 세운다

화살로 꽂히던 시절 다시 또 돌아올까
신념의 날개 자리 베어 내 조준하면
장기를 두는 노인들 눈빛이 시퍼렇다

철쭉꽃 인턴

철쭉꽃이 필 때쯤 돋아나는 수습사원
임용을 기다릴 때 불어오는 모래바람
따가운 인사의 눈빛 초조하게 돋아난다

초보에게 보낸 손길 너나없이 따뜻해도
오월의 깃발 아래 여린 향기 펴지 못한다
발밑에 떨어진 업무 맨몸으로 허덕인다

꽃이 져 낯선 풍경 솜털로 휘날리면
익숙하게 다가올까 하소연을 하는데
빗줄기 내릴 때까지 고개를 숙이라 한다

워싱턴 야자수

이국 나무가 철퇴 맞고 도로에서 사라졌다
고압선 안전사고로 애물단지 된 야자수
늘씬한 몸을 뽐내던 남국의 정취 뒤로

목마른 시간들이 거리에 서성인다
구멍 뚫린 하르방이 아우성을 토해 낼 때
긴 목을 빼어 들고서 고향을 소환한다

나를 위탁합니다

매일매일 걸어 놓은 체취를 붙들 때마다
차갑게 가라앉은 열정을 읽어 가면
구석진 등 뒤의 시간 당신에게 쌓여 갑니다

중심에 서지 못하는 건 헐렁하게 살아온 일
소리 없이 낡아가 환절기를 꺼내 봐도
묵은내 끌어안는다 언제나 공손하게

계절을 눌러쓰면 낯빛이 감춰질지
휘청이는 몸을 세워 텅 빈 공간 더듬어
외롭게 위탁합니다 벗어 놓은 내 이름

5부
늘어진 그림자가 외벽에 기대어 있다

에어라이트

차를 향해 손짓하는 길 위의 어릿광대
손님들이 없어도 불 밝혀 춤을 춘다
생존에 붙잡힌 발목 제자리를 펴면서

치솟는 열기를 손끝으로 내몰아
뿌리보다 더 빨리 원망을 접어 본다
하늘은 별빛 감추고 무겁게 내려앉는다

취객의 발길질에 뒤뚱거린 나날들
날이 선 스티커에 희망이 빠져나간다
접은 꿈 바람에 묻고 쭈그려 앉은 새벽녘

점핑

집은 많아도 집이 없어 사람이 외롭다
옥탑방의 계단은 모래가 밟혔을까
힘겹게 올라갈수록 메마른 대답이 된다

물살을 거슬러 온 산란의 전매 단지
높아진 수문 앞에서 점핑을 시도한다
때마다 치솟는 금리 파닥이는 새 군락지

몇 번의 자리 옮겨 지느러미 펼친다
반 토막 난 자릿값은 수위만 높아져
새로운 단지 앞에서 부화하지 못한다

마른 수첩

땅에 떨어진 명함과 상사의 지시 사항
회의장에 뒤섞여 날마다 불을 지핀다
한마디 변명도 없이 급하게 타오른다

회의 끝 접어 둔 것 낱장으로 물러나
입 닫은 문장처럼 천천히 말라 갈 때
뭉친 것 펼쳐 내 봐도 달라붙은 침묵뿐

태워 버린 자리에서 불씨를 뒤적인다
발버둥 치던 내 모습 명퇴로 타들어 가
지극히 몸으로 솟아 마른 재로 날린다

공

늘어진 그림자가 외벽에 기대어 있다

저무는 노을빛에 제 키를 키워 간다 현장을 질주하던 두 발을 감춰 두고 한 모금 담배를 삼켜 울분을 뱉어 낸다 흩어지는 연기 속에 지난날이 피어 나와 사람들을 몰아붙이며 결승점 향해 달린다 실책하지 않았다면 패널티 킥이 없었을 텐데 허점을 보인 순간 삶의 계약은 허공이 되는 걸까 차이는 점점 벌어져 마음에 공空 하나 생긴다 뒤늦게 안착한 물류 센터 밀려드는 물량에 옆구리가 터진다 한 팀으로 일하는데 동작이 굼뜨다고 외국인 노동자의 질책이 쏟아진다 휴식을 취할 때도 전직을 묻어 두고

상처를 꿰매 가면서 자존심을 삼킨다

신세한도

구조 조정의 삭풍이 휩쓸고 지나간 뒤
남아 있는 겨울이 하얗게 질려 있을 때
현관 앞 체납 고지서 잔설처럼 널려 있다

방에서 할 수 있는 건 나를 헐어 내는 것
버려진 오후가 몽돌이 되어 작아진다
하루를 넘길 때마다 바닥에 밟히는 몸

연체된 슬픔 한 장 어둠 속에 무거워져
둥글게 매단 생각이 끊임없이 조여 온다
늦은 밤 나무에 걸린 그림자가 별을 삼킨다

팽성 강가에서

맨손으로 이룬 농토 아직도 깃발인가
함성 품은 팽성 강가 해안을 껴안는다
마지막 들녘에 남아 강물 소리 듣는다

홀로 선 주소는 성큼 자란 버드나무뿐
토막 난 당신 목청 힘없이 땅을 잡을 때
피 묻힌 물결을 따라 발자국을 찾는다

평온한 목소리를 집어삼킨 토지 수용에
이웃의 이름을 강물에 흘려보내며
서녘은 하류에 몰려 옛 저녁을 씻는다

계단이 가득했다

상처 난 말 짊어져 발걸음을 누르면
끝없는 무게들이 앞다투며 나를 민다
사무실 경계를 가른 기둥이 단단하다

둘러보면 모두가 사각의 링처럼
치고받는 눈동자 구석에 모여 있다
매일 밤 수직을 향해 하늘을 탐한다

내일의 계단은 가파름만 가득해
음습한 지하에서 별빛이 사라진다
천장에 길게 매달려 늦도록 귀를 연다

플라스틱 텃밭

이제 부르지 않는 이름을 뜯어낸다
하는 일이 바뀌면 호칭도 변해서
물병이 그릇이 되어 안쪽을 비운다

발길질에 차여도 깨질 일 없다는데
출렁이던 마음까지 떼어 내지 못해서
잘라져 토막 난 빈 병 재활용을 찾는다

오늘을 도려내면 내일을 꽃피울까
속 비운 얇은 몸에 흙을 채워 넣는다
흐린 날 뒤로 젖히며 텃밭을 키운다

명함

거리에 뿌려진 이름을 밟고 간다
선거 때만 살려 달라 내민 손이 냉정해
바닥에 흩어진 얼굴 구겨져 웃고 있다

반듯한 이력 앞에 멀어져 간 발자국은
의례적인 인사만이 손끝에 전달되어
장소를 가리지 않고 거리에 박혀 있다

섬초

밀물을 안으로 들여 육지 소식 듣는다
눌려 지낸 너의 얼굴 웃음으로 피어나서
섬 소식 뜯을 때마다 섬초는 민초가 된다

파도가 낚아 올린 접힌 날의 새벽이
사납게 요동친다 싱싱한 말 찾는다며
칼바람 손등 터져도 파릇한 꿈 키워 낸다

해풍에 몸을 담근 네 그림자 깨어나면
첫 이파리 따 내도 단단하게 여물어
뿌리를 깊게 내리고 긴 밤을 건너간다

발소리의 크기

발소리의 크기로 하루를 가늠한다

바닥을 끌어안고 현관에 들어선 당신 꼬리를 흔들며 점점 커지는 내 목소리를 누른다 하루 종일 배변을 참고 기다린 나에게 산책을 가자는 말 대신 고개를 돌린다 기분이 좋을 때는 숨도 못 쉬게 껴안더니 오늘은 근처에도 못 오게 한다 다급한 마음에 화장실 바닥에 똥이라도 눌라 하면 냄새가 온 집 안을 삼킨다고 얼굴을 찌푸릴 것이다 모든 걸 귀찮아하는 당신 곁에서 본능을 참는다 고통을 지나야 하는 지루한 밤이다 화내고 싶어도 이빨을 드러낼 수 없는 힘없는 날이다 언젠가 혼자 있는 게 무료해 책을 뒤적거린 일이 있다 거실에 찢긴 책장을 보고 내 몸도 군데군데 상처가 났다 그날 이후 온종일 현관만 바라보고 있다 어느 날 당신은 상사의 눈치를 살피며 자리를 지키고 대기 발령이라도 날까 안절부절못하며 하루를 견디는 것은 아닌지

구겨진 구두를 보며 굽은 발만 핥는다

거리로 나온 복권

자고 나면 배가 되는 상가를 검색한다
한 무리의 사람들 내일을 담보한 채
거리로 쏟아져 나온 동호수를 긁는다

모여든 커피점이 커피점을 낳는 거리
똑같은 입맛으로 같은 그림을 그린다
치솟는 월세 가격이 블랙홀에 빠져든다

발을 담그지 못한 사람들이 작아져 간다
중독을 떨치지 못해 혀끝을 베어 낸 향
매물된 창가에 앉아 멀어진 꿈을 마신다

찢어진 벽보

누군가는 이 자리에서 다른 길을 약속했다
어둡고 외진 곳 등불을 밝히겠다고
새벽은 곁에 있는데 상처는 깊고 깊다

찢어진 얼굴들이 거리를 붙잡는다
물러서지 않는 벽과 뜯어지지 않는 몸
억지로 잡아당길 때 소문만 남는다

흩어져 남아 있는 기분을 떼어 낼 때
발밑으로 떨어진 슬픔의 조각들
저마다 절망을 들고 쓴웃음만 서성인다

다리 달린 안경

지친 눈을 닫고서 어둠을 밟아 본다
한 발씩 디딜 때 오늘이 흔들리는 건
무겁게 내려앉은 하루 선명하지 않기 때문

앞만 보고 달려온 충혈된 잔영들이
명퇴 바람 테두리에 입김으로 피어나도
마음결 닦아 가면서 놓지 못한 두 다리

폴리스 라인

황사 덮인 아파트 뜰에 몸을 던진 사내가
작업화를 신은 채 화단에 쓰러져 있다
눈앞의 폴리스 라인
퇴근길을
적신다

가난한 별들이 칸칸마다 길을 잃는다
적막한 현관문은 사막의 입구였을까
매일 밤 모래 언덕을
서성거린
발자국

먼지만 남기고 떠나는 사이렌 소리
붉은 스프레이가 죽음을 증언할 때
모두들 문은 닫히고
또다시
뜰을 밟고

항구적 법칙과 형식의 무게

권성훈(문학평론가·경기대 교수)

조각난 너의 이름 다시 써 불러 놓고
입김을 다시 불면 얼굴이 나타날까

—「유리 사랑」 부분

이름은 대상을 지칭하는 것이며, 그것을 부르는 순간 대상은 곧바로 현존재가 된다. 이런 존재에 대한 명명은 언어라는 형식의 소리를 타고 온다. 이미 정해져 있는 이름은 고유한 대상을 외부로 나타나 보이게 하는 표상으로서의 형식이다. 그것은 세 어절로 "조각난 너의 이름"이 되며 이 조각난 명명 안에 존재가 머물며 대상의 본질을 이룬다. 그러므로 누구나 가지고 있는 이름은 고유한 형식으로서 존재의 있음이 된다. 있음의 차원에서 보면 인간은 이름이라는 형식을 통해 존재하며 그것으로 공동체에서 구별된다. 이는 호명을 통해 존재자로서 존재를 드러낼 수 있다는 뜻이다. 인간이 나누어 가진 이름이라는 형식은 스스로의 얼굴을 현시하는 존재라는 점에서 "그 이름 부를 때까지 꿈적도 않는"(「딱딱한 책」) 인식 불가능한 존재이지만 명명하게 되면서 지금 여기로부터 기원하게 된다.

이것은 존재의 있음을 자기로 밝혀 주는 것으로, 세계 내 존재를 언어로 규정해 준다. 존재의 있음은 타자와 세계로부터 있는 것을 드러내는 현상이 되며 시간성 속에서 생성되고 보존된다. 거기에 이름은 사실적인 대상을 보는 데서 출발하여 "따뜻한 말 찾지 못해 휘청이는 내 얼굴"을 타자화하여 세계에 자기 존재 현상을 드러낸다. 이처럼 대상을 명명한다는 것은 마치 마음속 "이파리 끝에 매달린 고개 숙인 소리들"을 외부로 방출하는 것으로 "가벼워진 말들이 부풀어 오르면"(「억새」)서 개시된다. 시인이 보여 주는 이런 무게 없는 '소리'와 '말'들이 현전할 수 있는 것은 시라는 형식 안에 "자, 모음 숨 가쁜 소리 시가 되어 도착"하기까지 "손끝에 말을 잡고 검은 밤을"(「키보드」) 달리는 것과 같다.

정병삼 시인의 『눈빛의 시대』는 사물과 세계의 속성을 '소리'와 '말'에 대한 근원적 자리에 투과하면서 개별적 이름을 덧붙여 주는 데 있다. 그의 행간에서 존재의 물음과 함께 던지는 이름은 "지금은 눈빛의 시대 서로를 살펴"는 다양한 현상으로 상이한 여러 해석을 포함하는 형식의 동일성에서 시작된다. 이러한 형식의 동일성은 현상의 운동 속에서도 "숨긴 속 감춰 보아도 자꾸 자꾸 보여"(「눈빛의 시대」) 주는 존재의 본질이 내재되어 있다. 보이지 않는 존재의 본질에 대한 현상을 파고들며 그 속에 익명으로 편철되어 있는 의미를 견인하는 것이다. 이를 위해 정병삼의 시에서는 이름이라는 형식을 통해 그 존재를 밝히는 것이 '항구적 법칙'이 된다. 이는 "제 이름 불린 곳마다 산야를 물들인" 소리로 "한걸음 내 발자국 살가운 노래"(「소리에 물들다」)를 가르치는 무게 없는 의미의 형식을 가지고 있으며 여기서 시적으로 함의되지 않는 소리는 사라지고 만다.

이 "소리는 내 곁에 닿아 시퍼렇게 떨어진" 다음 찾을 수 없지만, 이 소리를 "물음이 식지 않는"(「매미 물음」) 사유로 언어 형식에 담을 때 시가 되는 것이다. 순식간에 번쩍였다가 소멸되는 「별똥별」처럼 "푸르게 피어나는 너의 모습 잡으려" 아무리 "반갑게 손을 뻗으면 사라지는 사람"으로 남지만, 그것의 기억은 언어라는 형식에 보존되었을 때 가능해진다. 그의 시편은 존재론적 원리를 형식으로 탐구하면서 사물의 출현부터 소멸에 이르기까지 존재의 본성을 언어로 명시한다.

다양한 존재들의 소리를 추구하는 정병삼의 시 의식은 "혀끝을 당기는 순백의 길목에서" 조직된다. '혀끝'은 말이 시작되는 곳으로, 입을 닫고 있을 땐 아무 소리도 듣지 못하는 '순백의 길목'이며 "차가운 말 한마디 마음까지 얼어붙어"(「스무디한 계절」) 열지 못하는 상태이다. 그렇지만 차갑게 얼어붙은 언어의 길목을 빠져나오는 순간 그가 "우려낸 시간들이 눈앞에 걸려"(「티 포트」) 있는 것을, 발견할 수 있다. 마치 그의 시는 "파하고 내뱉으면 못다 한 말"로서 "어수선한 시간을 정갈하게 다듬는"(「파」) 소리를 가진 형식적 미학을 가진다.

이같이 못다 한 말을 정형성으로 정돈한 정병삼의 시적 미학은 "수심을 오가는 생각 물 밖으로" 메마른 바닥만 남은 "늑골을 드러낸 호수"처럼 진면모를 보인다. 여기서 진면모는 어떠한 수심도 없는 호수의 민낯에 그어진 금과 같이, 금은 물이 있었다는 호수의 흔적이 되며 이를테면 호수의 형식만 남은 채로 "바닥에 내뱉던 말이 자꾸만 가라앉는"(「마른 호수」) 배후로부터 건져 올리는 작업이다. 그의 시에서 언술되는 언어는 잉여로서의 사유적 가치를 지니면서 사물의 진면모를 형식에 담아내기 위해 전제한다. 잉여로서의 사물의 진면모를 형식과 함께 드러낼 때 사유적 가치로 시적 미학에 도달할 수 있다.

이런 점에서 그에게 시조는 형식 미학을 추구하며 외부에 있는 다른 미학 형식에 차별화된 시 의식을 가진다. 그것은 이미 시조 형식을 통해 미학의 근거를 확보하고 있으므로 시조 시인으로서 존재 근거가 확실히 보장

되어 있다. 모든 예술이 형식에서 자유로울 수 없듯이 그의 미학이 전승되고 있는 것이 시조 정형률인 것이다. 이에 "형식 개념은 이러한 경험 세계에 대한 예술의 날카로운 대립을 표시해 준다. 예술은 형식과 마찬가지의 기회를 가지며 그 이상의 기회를 갖지 않는다."[1]

이처럼 시조는 시인 존재에 대한 근거가 되며 언어를 통해 사유할 수 있는 첨예한 도구로써 형식 없이는 일상 언어에 불과할 뿐이다. 또한 시조라는 절제미와 압축미에 "고요만이 남아 있는 정돈된 너의 눈빛"(「진공청소기」)으로 그의 시는 자리 잡고 있다. 그럼으로써 역동적인 시간 속에서도 시조가 변화하지 않고 진화하지 않은 형식을 가지고 있듯이 그의 시는 항구적 법칙을 지닌다.

가까이 다가갈수록 문장은 도망갔다
멀어진 너를 보며 아픔을 읽어 낼 때
얼룩진 시간 앞에서 서성이는 눈동자

상처 입은 종이 위를 촉촉하게 걷는다
한 마리 낙타가 모래바람 뚫는 것처럼
물결친 너의 두 눈을 되짚으며 찾는다

1 테오도르 W. 아드로노, 홍승용 역, 『미학 이론』, 문학과지성사, 1997, 227쪽.

이 길이 끝나면 너의 짐을 풀 수 있을까

메마른 빛들이 볼록하게 투사된다

너와 나 하나가 되어 돋보이는 활자들

　　　　　　　　　—「돋보기에게」 전문

　시인이 사물의 본질을 투과할 수 있는 이유는 현상
이 아닌 사유에 주목하기 때문이다. 시가 현상을 통해
실존에 다가설 때 그 언어는 사물 자체 내에 숨어 있는
본질에 다가설 수 있으며 사유를 드러낼 수 있다. 그렇
지만 "가까이 다가갈수록 문장은 도망"가는데 사유를
현현한다는 것은 "멀어진 너를 보며 아픔을 읽어" 내는
것처럼 쉽지 않은 일이다. 그러나 현상은 실존을 드러내
고 실존은 본질을 지니고 있기 때문에 현상 속에서 "얼
룩진 시간 앞에서 서성이는 눈동자"로 현존을 바라보아
야 한다. 이러한 비본질적인 사유는 "상처 입은 종이 위
를 촉촉하게 걷는" 것처럼 찢어지지 않게 다가서야 하며
돋보기로 사물을 비추듯이 "메마른 빛들이 볼록하게
투사"되어야만 "돋보이는 활자들"로 탄생할 수 있다.
　또한 시인에게 사유는 현상에 머물러서는 안 되며
"마음을 꿰뚫으면 고장 난 속 보일까" 그 속을 탐미하며
"불 밝혀 들어가도 찾기 힘든" 현상의 실존을 통해 미적

출현을 있게 한다. 행간에 "예리한 빛의 조각 틈새를 용접"하는 것처럼 현상에서 실존의 단계로 이행함으로써 "자성의 목소리"(「라바콘 수행」)를 찾아간다. 이는 미적인 사유로 "눈에 띄는 사실만 겉으로 드러나"는 현상 속에서 "속엣말 쌓여 간 시간 낱장으로"(「달력을 훔쳐보다」) 스스로의 본질을 드러나게 만든다. 이것은 존재의 운동이나 변화보다는 정지된 존재의 실체 속에서 실현되고 있는 완전한 것을 통해 본질을 또 다른 사유로 해석해 낸다.

등산로 입구에서 입을 벌린 빈 병 하나
발자국을 쓸어 담아 숲길에 굴러다닌다
길목에 가로누워서 금 간 몸을 움츠린다

흙탕물이 배어 있는 검푸른 등줄기
당신을 잃어버려 혼자만 남았을까
저마다 떠나간 얼굴 빗물 되어 출렁인다

빗줄기 채찍이 되어 온몸을 후려친다
사나운 바람 소리 사람들을 쫓을 때
속내에 감춘 외로움 길 위에 토해 낸다
—「빈 병」 전문

내용물을 모두 쏟아 낸 "빈 병"은 내용은 사라지고 그것을 담을 수 있는 형식만 가지고 있다. 우리가 쉽게 마주치는 "입을 벌린 빈 병 하나"는 현상이면서 그 자체가 실존이 된다. 그렇지만 이를 통해 현시되는 '숲길에 굴러다니다가 길목에 가로누워서 금 간 몸'은 현존하는 빈 병이지만 사실상 모든 것을 비우고 아무것도 채우지 못한 외로운 자아를 드러내는 데 목적이 있다. 그 안에 "저마다 떠나간 얼굴 빗물"처럼 출렁이고 "속내에 감춘 외로움 길 위에"서 외로움을 토해 내는 것이다.

이것은 '빈 병'과 '외로운 자아'가 다르지 않듯이 삶의 본질이란 누군가 "앞서간 물줄기가 남기고 떠난 포말"처럼 터지고 "물방울 그림자 되어 제각각 흩어"(「폭포에게」)지는 존재적 사유를 비추어 준다. 지나간 시간의 빈 병에 외로움을 채우며 또한 그것을 "일으켜 세우기 위한 불면의 오랜 날들"(「폐선의 기울기」) 속에서 존재의 본질을 관통한다. 그것은 존재하는 것들은 「깃발」처럼 "꽃잎처럼 피어나" 사방으로 소리 없이 나부끼면서 "한쪽이 찢겨 나간 채 그 계절을 쫓아"가며 반복되는 것을 보여 준다. 여기서 시인이 쫓아가는 그 계절은 "오월의 불꽃" 같은 상징적 의미를 가지며 그것에의 이름을 붙여 주고자 한다.

이제 부르지 않는 이름을 뜯어낸다
하는 일이 바뀌면 호칭도 변해서
물병이 그릇이 되어 안쪽을 비운다

발길질에 차여도 깨질 일 없다는데
출렁이던 마음까지 떼어 내지 못해서
잘라져 토막 난 빈 병 재활용을 찾는다

오늘을 도려내면 내일을 꽃피울까
속 비운 얇은 몸에 흙을 채워 넣는다
흐린 날 뒤로 젖히며 텃밭을 키운다
—「플라스틱 텃밭」 전문

이 시의 오브제인 "플라스틱"은 수명이 다한 것으로
"이제 부르지 않는 이름을 뜯어"내도 무관한 사물로 등
장한다. 그렇지만 이때 플라스틱 용기는 빈 병과 다르게
"하는 일이 바뀌면 호칭도 변해서/물병이 그릇이 되어
안쪽을 비운다"는 것이다. 이를테면 "발길질에 차여도
깨"지지 않는 플라스틱을 잘라서 "속 비운 얇은 몸에 흙
을 채워 넣는" 화분으로 재활용되는 현존을 통해 "오늘
을 도려내면 내일을 꽃피울까"라는 삶의 본질을 드러내
고 있다. 여기서 수명이 다한 이름은 대상과 동시에 성립

되는 것으로 주체와 대상은 같은 말로 통한다. 플라스틱이라는 그 대상은 '화분'에 의해서 재조립되는 것으로 생명을 찾아가는 기재로 작동하면서 대상이 다른 주체로서의 대상이 되는 것이다. 마치 「바나나 숙성」처럼 "표정은 다르지만 속살은 다르지 않"은 바나나와 같이 "껍질 속 잠든 시간이 노랗게 익어" 가도 "속 맛은 변하지 않아 짙은 향 배어 있"음을 나타내는 것처럼.

이렇듯 사물을 자기 동일성 현상으로 매개하여 정립된 존재에는 "똑같은 공간 속에서 다른 시간을 사는"(「자율 검문소」) 것처럼 본질적인 현상으로서 변하지 않는 항구적 법칙이 포함되어 있다. 이는 모순된 세계를 현출하기 위하여 쓰이면서 "팔다리 지워져도 말이 없는 시간 속에/그림자 물살을 잡고 중심을 잃지 않는"(「돌꽃」) 현상이 법칙에 지니는 항구적인 것의 본질적 내용을 추구한다.

정병삼의 시편에서 이름이 가지는 실존성은 현상을 통과하면서 본질성과 동일한 의미로 나타나기도 한다. 「거울에 비친 등」에서는 실존과의 동일성에 대해서 "거울에 묻어난 지난 일이 선명하다"라고 언술하지만 그것은 결국 "비누 거품 사라져 뒷모습을 얻는 시간" 속에 있는 '침묵'이다. 사실상 '거울에 비친 등'은 비본질적인 현상의 모상에 불과하며 "발버둥 치는 내 안을 밀물이라 불러 보고/먼 바다 꿈 좇는 고래 하루가 시작"되는 것을 알리는 항구적 법칙에서 기인한다. 항구적 법칙을 통한 시인의 사유는 가려진 세계 내 존재를 이름으로 규정해 주며 그 이름은 시간성 속에서 생성되고 언어로 보존된다.

시인의 명명은 존재하는 모든 사물들의 소리를 언어로 전환할 때 시조 형식을 통해 존재하며 타자와 구별되는 고유한 존재가 된다. 이 같은 호명은 인식 불가능한 존재를 기원하게 만들며 "매일매일 걸어 놓은 체취를 붙들 때마다" 생성되는 기호로 남는다. 거기서 "차갑게 가라앉은 열정을 읽어 가면/구석진 등 뒤의 시간 당신에게 쌓여" 가고 그것은 결국 "벗어 놓은 내 이름"(「나를 위탁합니다」)이 된다. 이 같은 이름은 '정형적 사유'가 위탁한 존재에 대한 다른 호명으로서 "아침에 눈을 뜨면" 형식의 무게로 "단단히 나를 담았는지"(「시인의 말」) 성찰시킨다.

눈빛의 시대

2025년 12월 18일 1판 1쇄 펴냄

지은이   정병삼

펴낸이   김성규

편집   조혜주 최주연 권은하 한도연

디자인   신혜연

펴낸곳   걷는사람

주소   경기도 용인시 기흥구 동백중앙로 358-6, 7층 (본사)

            서울 마포구 월드컵로16길 51 서교자이빌 304호 (지사)

전화   031 281 2602 / 02 323 2602

팩스   02 323 2603

등록   2016년 11월 18일 제25100-2016-000083호

ISBN 979-11-7501-048-2 04810

ISBN 979-11-89128-01-2 (세트)

* 이 책은 경기도, 경기문화재단 〈2025 경기예술 생애첫지원(문학)〉 A트랙(재단출간지원)으
  로 발간되었습니다.